海猫的旅程

10

最后的信

〔日〕竹下文子◎著　　〔日〕铃木守◎绘

王俊天◎译

北京科学技术出版社

100 层童书馆

目 录

鱿鱼丸
崇拜珊瑚郎的年轻水手

珊瑚郎
海猫岛的水手

胡桃
山猫族姑娘

登场人物

风止
珊瑚郎的医生朋友

旗鱼老爹
原海龟号船长

美崎
旗鱼老爹的孙女

海猫的旅程 10
最后的信

1/玻璃球游戏

沙罗港的小酒馆里总是挤满了水手。

从中午开始，酒馆里就充斥着酒瓶的瓶塞被拔出的声音和廉价杯盘叮当作响的声音。后厨的门开了又关，关了又开。交谈声不绝于耳，时不时还有爽朗的笑声从各个角落传来。

各种声音交织在一起，听上去就像一曲欢乐的乐章。

我坐在酒馆一隅，吃着迟到的午饭，或者说提前的晚饭。我点了一道新月岛特有的辛辣菜，这是一顿久违的、在陆地上吃的饭。

马林号状态不错，最近我连着进行了几次短途旅行，虽然没赚到什么大钱，但也没亏。

每一天的生活都出奇地相似。我没有写日记的习惯。三天前我在哪里？五天前我在做什么？一个月前我过着怎样的生活？这些我通通记不清了。我只知道海和船一直陪着我，所以我并不无聊。

今天的浪头很高，有几艘环岛观光船已经停运了。不知是不是这个原因，酒馆里的客人似乎比平日多一些。

酒馆一角的台子边围着许多水手，不时传来什么东西乒乒乓乓碰撞的声音。我扭头往那个方向望了望。

"那边啊，他们是在玩玻璃球游戏，那个游戏最近很流行。"端着盘子走过来的服务生向我解释道，"玩那个游戏，挺费钱的。"

吃完饭，离开酒馆之前，我凑过去看了一下。

一张铺着布的台子上分散地放着五颜六色的玻璃球，那些玻璃球比杏子略小一些。两个玩家轮流用圆头木杆击打玻璃球。桌上的球相互碰撞后，反弹到台子边框上，发出乒乒乓乓的声音。

我看了一会儿，大致明白了游戏的玩法。台子边缘有几个洞口，玩家用木杆击打自己的球以将其他球撞入洞中，最后根据落洞球数和击打次数来综合计算得分。

其中一名玩家一直在输。这次他击打自己的球时过于用力了，只见那颗玻璃球在台子上转了一圈又一圈，最后掉进了桌角的洞里。

"啊，可恶！"

那名玩家不甘心地狠狠踩了几下地板。他的对手是一只肥胖的红毛虎斑猫。对手无声地笑着，拿走了台子边的银币。

"斯凯，差不多停手吧。"

围观者里有人调侃道："别把给老婆买纪念品的钱全都输光喽。"

那名叫斯凯的玩家把手伸进口袋摸了摸，似乎确实没剩多少银币了。

"怎么样，再来一局吗？"

红虎斑一副从容的样子。

"可恶，你给我记着！"

斯凯把球杆往台子上一扔，半推半就地被他的同伴拽出了酒馆。

"下一位？"

红虎斑拿起球杆，朝四周看了看。旁边围了十多名观众，不知道是因为他太厉害了，还是因为观众钱不够，竟然无人挑战他。

"你去试试看吧。"

突然，站在我身旁的客人看着我说。

"我从来没玩过这种游戏。"

"是吗？真没看出来，过去试试嘛。"

那家伙拿起球杆，把它硬塞给我。

我很少和不认识的人玩游戏。在新月岛这种地方，大多数游戏都会让外来客吃亏。

　　那一瞬间，我突然动了试试看的念头，我也不知道自己为什么会突然心血来潮。

　　我将一枚银币放在台子边缘，然后拿起一颗蓝色玻璃球。球凉凉的，颜色如海水般湛蓝，在灯光照耀下，里面细密的气泡清晰可见。

　　"很好，就由你接着来吧。"

　　红虎斑摇晃着肥胖的身躯，将台子上散落的玻璃球拢到正中间，排成星形。

　　我完全没有与他认真较量的想法，只轻轻用球杆击了一下那颗蓝色的玻璃球。蓝球撞上了离它最近的紫球——紧接着许多球如天女散花般在台子上四散开来，砰、砰、砰，清脆的撞击声不绝于耳。一颗球好像是被什么力量拉住了似的，乖乖地掉进了洞里。紧接着，又有一颗球进了洞。

身旁有人发出叹息般的声音，还有人吹起了口哨。

"你这不是打得很好吗？不是第一次玩吧？"

红虎斑瞪着我说。

"纯属侥幸。"

我淡淡地答道。

按着，红虎斑自信满满地摆好架势，用自己的黄球将另一颗球击入洞中，有几个人鼓了鼓掌。

台子上铺着的布已经有些泛黄、起球了，刚刚看斯凯打球时我就注意到了，在这样的布上，就算拿球杆直直地将球击出去，球也未必会沿着直线往前滚。

"到你了。"

第二球我故意击偏，并稍微加了些力气，蓝球撞到台子边框后又反弹了回来，将另一侧的红球撞进了洞里。果然和我预想的一样。

红虎斑目光微闪。

游戏还在继续。我第二局赢了，第三局输了，然后又赢了一局。看热闹的人越来越多，就连店里的服务生都端着盘子过来观看。红虎斑不停地擦汗，打最后一球时他没有瞄好，将自己的黄球击进了洞里。我赢了。

"再来一局。"

红虎斑喘着粗气，将一枚银币砸到桌上。

其实刚才我就在想，差不多该停手了，因为对方已经生气了。虽然只是玩玩而已，但在新月岛上，由玩游戏演变成打架的事件很常见，许多人根本不讲道理。

我放下蓝色的球，瞄准了对面的一颗琥珀色的球，猛地一击，蓝色的球就像在水面上滑行一样滚了出去，正好撞上琥珀色的球。

砰！一个高亢的声音响起，时间好像在那一瞬间停止了，蓝色的球和琥珀色的球贴在一起的地方映射出一种冷绿色。

我这是在这里做什么？这场无聊透顶的游戏赶快结束吧，因一时的好运获胜的家伙也会因为走背运而输。没有人会一直赢。一直玩下去，最终输的时候，可能口袋里的钱全拿出来都不够。

我的蓝球唰地飞了出去，三颗球以迅雷不及掩耳之势相继落入洞中，其中一颗还是红虎斑的黄球。

我放下了球杆。"什么意思？喂，你不玩了？"

红虎斑这话像是咬着后槽牙问出来的。周围看热闹的人也纷纷劝我。"再来一局呗。""你这么厉害，完全可以靠这个吃饭，再赚一笔吧。"

"不好意思，下次吧，我还有事呢。"

我拿走了台上的银币。口袋里沉甸甸的，压得我的心情也沉重起来。可能我不适合玩这种游戏吧。

走出酒馆，天色暗了下来，店铺的广告牌全都亮了起来。整条街霓虹闪烁。这个港口小镇真是一座不夜城啊。

明天就要回海猫岛了。回去之前，我想先去西海角看看。

2／诺亚农场

整个西海角都沐浴在午后柔和的阳光里。

我将船停在诺亚港，沿着山间小路前行，便抵达了位于郊外的农场。

这里专门培育药用植物和香料作物，田地广阔，从山谷一直延伸到山坡，其间还零星地矗立着几座建筑，农场的仓库也在其中。

"现在，胡桃应该在第二温室。我带你过去吧。"

农场入口附近，一位栽种树苗的老伯长舒一口气，伸了一下腰，开口说道。

"不用麻烦了，我知道大致位置。"

我穿过田地，绕过一座砖楼，走向在阳光下闪闪发亮的玻璃温室。

前方有两间并排的温室。其中一间里面摆满了品种各异的兰花盆栽，里面空无一人。我望向另一间温室，透过玻璃看到一个白色的身影。

我推开门，温室里热得发闷，里面种着一排排我不认识的植物，开着类似菊花的黄花，散发着浓烈的香气。

先前看到的那个白色身影就是胡桃。她转头看向我，琥珀色的眼睛随即瞪得溜圆。

"珊瑚郎先生！"

我朝她挥了挥手："没有打扰你工作吧？"

"没有，完全没有。啊，你等我一下。"

胡桃瞄了一眼挂在旁边的温度计，接着在笔记本上飞快地记录着，然后合上了本子。

"我需要像这样，每隔两小时记录一下温度。"

胡桃的语气里满是兴奋。

"打理露西亚菊要费点儿心思。目前这个品种还在试验期，这是我第一次看见它们开这么多花。"

"我们能去外面待会儿吗？"

我问。

"啊，不好意思，是不是花香太刺鼻了？我在这儿待久了都已经习惯了。"

胡桃走在前面，打开了温室门。

据胡桃说，那座砖楼是植物研究所。我和胡桃走过去，坐在大楼入口处的石阶上。

眼前是一片铺展开来的农田，它被整整齐齐地分割成了几块，每块都种着不同的植物，有的植物开着鲜艳的花朵，有的植物长着果实，还有的已经枯萎结籽了，这些植物我几乎都叫不上名字。

"那个叫蝴蝶蓟，旁边是向晴草，开紫花的是簪豆。"

胡桃用手指着农田向我一一介绍，如同在吟唱一首关于花的歌谣。

　　"你状态不错呀，很有精神。"

　　我说。

　　"是啊，我很好。"

　　胡桃粲然一笑。

　　"这里空气清新，很适合我。说起来，不知怎的，我感觉我好像从出生开始就住在这里似的。"

　　当初是我把胡桃从贝壳岛带到这里的。说实话，一直到现在我也不确定那样做是否正确。现在看到胡桃笑容明朗，我很欣慰。

　　"珊瑚郎先生，你什么时候来的新月岛？"

　　"昨天，有点儿事要办，顺便过来看看你。"

　　这话虽然不假，但我感觉听起来像在辩解似的。

　　"风止平时会过来吗？"

　　"嗯，偶尔会来。"胡桃微微笑着低下了头。"他毕竟是院长，事务繁多，不能经常过来。但他经常给我写信，还总问我……要不要去海猫岛……"

胡桃抬起头，目不转睛地盯着在花丛中飞舞的金色蜜蜂。

"不过，我觉得还是待在这里比较好，去海猫岛……怎么说呢……我还是有点儿害怕。"

"这样啊。"我喃喃回答。

我多少可以理解胡桃的感受。胡桃虽然已经离开了贝壳岛，但终究是山猫族姑娘。

"你不想回贝壳岛吗？"

我轻描淡写地问道。胡桃一下子转向我，眼睛闪闪发亮。

"珊瑚郎先生，你呢？你不想回到你的出生地吗？"

面对胡桃一本正经的发问，我一时不知道该怎么回答她才好。

我出生的地方，我的故乡，那里……

"不好意思。"胡桃小声说，"我从风止医生那儿听说了你的故事。"

"我的故事？"

胡桃点了点头。

"听风止医生说，你并不是在海猫岛出生的……之前的事你都不记得了。风止医生还和我讨论过有没有办法能帮你恢复记忆。作为医生，无法救治患者是一件很痛苦的事情，更何况你还是他最好的朋友。"

"好啦，"我打断胡桃的话，"寻找记忆什么的，我已经都……"

"不，我无论如何都想告诉你，请你听我把话说完。"

胡桃注视着我的眼睛。

"风止医生的推测是这样的：你在漂来海猫岛的途中，肯定遇到了什么可怕的事情。虽然他不知道具体是什么事情，但可能是你自己想要忘记它，所以部分记忆才会消失。一旦部分记忆恢复了，你就会想起之前主动想要忘却的一切……记忆并不是无法恢复的，而是你阻止了它恢复。"

"你是说，这都是我自己的选择？"

"是的，你的记忆并没有消失，准确地说，是被你下意识封存起来了，就如同把它放进盒子并上了锁一样。"

胡桃的双手比画着小盒子的形状。

被封印的铁盒子吗？

"打开记忆之盒的钥匙应该在我手中吧？"

"嗯，应该是的。" 胡桃点了点头，"钥匙在你手里，所

以只有你自己可以打开它。"

"这样啊。"

我闭上了眼，炫目的日光让我感到不适。多种花香混杂在一起，熏得我头晕脑涨。

"受风止医生的委托，这段时间我都在研究这里的草药。有些植物中似乎含有能影响情绪和记忆的成分，比如有的能让人沉睡，有的能唤醒意识。如果能将这些植物巧妙地组合起来，加以利用，说不定……"

"这件事就到此为止吧。"

我勉强挤出一丝笑容，说道。

"好吧，我知道你最讨厌吃药了。"

胡桃笑了笑，但马上又恢复了严肃的表情。

"风止医生说目前海猫岛的医疗水平无法唤醒你的记忆，他对此很不甘心。哪怕只有一丝希望，不管用什么方法，他都想试试看。"

"胡桃，你是怎么想的？"

"我……"胡桃犹豫了一下，"和风止医生的想法相反，我认为记忆之盒不应该被打开。"

"是吗？"

"虽然我不知道你封存记忆的理由是什么，可既然是你自己做出的选择，我想那一定是正确的。"

"我也是这么想的。"

我站起身来。

"风止他啊，真是个好人，你告诉他别再为我操心了。"

胡桃也站起身来。

"不好意思，打扰你工作了，我以后再来看你。"

就这样，我沿着田间小径离开了。我知道胡桃一直站在那儿注视着我的背影，但我并没有回头。

3／第一封信

风止：

我不知道你能不能读到这封信，我甚至不确定我最终会不会把信交给你。

有些话我很想和你说，可我又不善言辞。所以，我就写在这里，希望你能在未来的某个时刻、某个地方看到这封信。

你还记得我乘着坏掉的帆船，漂来海猫岛时的情形吧。

你不在医院的时候，我翻看过那本老病历。别生气，反正那些药名我也看不懂。不过话说回来，患者也有权了解自己的病情吧。

刚漂来海猫岛时，我整整昏迷了一周，随后又卧床休息了三个礼拜，状态十分糟糕。那段时光我真是想忘也忘不掉啊。你总笑话我害怕去医院，但有过那样的遭遇后，无论谁都会对医院产生阴影吧。

"记忆丧失，原因不明。"病历上的诊断结果是这么写的。但其实事情没那么简单，有些事情我至今未和任何人说过，可是我必须告诉你。

那时……关于自己的事情，我一丁点儿都记不起来了。那种感觉如同被扔进了不见一丝光亮的深渊中，我在一片黑暗中拼命摸索。然后，脑海中闪过了一个可怕的想法。

我并不是帆船上唯一一个人，船上还有另一个人。之后对方身亡，而我获救了。不，也许是我害死了另一个人，自己苟且偷生……

这个想法长久地萦绕在我的脑海中，让我痛苦不堪。

没有证据表明发生过这样的事情，但又无人可以断言事情并非如此。另一个人来自哪里？他究竟是谁？

据说，我获救时，船上已经没有任何行李了，船桨也折断了，小船似乎下一秒就要散架了。为了防止我被海水冲走，我的身体被缆绳牢牢地绑在桅杆上，可能是我自己绑的，也可能是别人帮我绑的，我的记忆一片空白。

我想要想起来，但又害怕想起来。

我无法入睡，吃什么都觉得恶心。我感觉被厚重的灰墙包围着，那是一堵又高又凉、像玻璃一样滑溜溜的墙。我砸不碎它，又无法翻越它。我敲打它，却听不到任何声音，于是我便不停地捶打着这面墙。

后来，一位医生来了，强行让我服下了镇静剂和营养品，接着不停地在我耳边说些没意义的话。他看起来非常年轻，也不是很自信。我当时对这位医生非常抵触，冲他大吼：少管我，你懂什么。像你这样的少爷，什么风浪也没经历过，就别在那儿信口开河了。真以为自己能做什么吗？离我远点儿，我想一个人静静……

但是，那位医生却出乎意料地有耐心。等我再度想起周围的灰墙时，我发现它已经消失了。虽然我的记忆依旧一片空白，但我已经不再需要镇静剂了。医生询问我的名字，我告诉了他。

风止啊，我永远都忘不掉那时你脸上的笑意。

就这样，我活了下来。后来，我就变成了海猫族的一员，成了海猫岛的水手。我知道要想解开身世之谜，船是必不可少的。后来正如我所料，我确实找到了一些线索，但是之后我好像走进了死胡同，怎么都无法再前进一步。

胡桃说，我的记忆并没有消失，不，与其说是消失，不如说是被我封存起来了。或许真的如她说的那样，我把记忆封存了。那我究竟为什么要把记忆封存起来呢……我必须弄清楚。

即便那段被尘封的记忆，会让我再次遭受痛苦的折磨，我也必须查个水落石出。

4/旗鱼船长

"珊瑚郎！什么情况？你怎么来这儿了？"

风止一看见我，便兴奋极了。

"你竟然能找到这里来！真是太阳打西边出来了啊。"

我苦笑了一下。

就算是我走进了平时从不踏足的院长室，也不至于这么大惊小怪吧。

"也不是我自己想来的。只是护士们看上去都忙得不可开交，没时间帮我传话。"

我解释道。

风止的办公室里杂乱无章，各种东西用后也不收起来，就那么摆在院长专属的豪华办公桌上。用过的咖啡杯被随意地放在一沓文件上，医书堆成的金字塔旁放着网球比赛的奖杯，和奖杯并排而立的是风止父亲的照片，上面落了一层薄灰。这种乱糟糟的摆放方式很符合风止不拘小节的性格，也没什么不好的。

"快请坐，来杯茶吗？"

风止将手中的文件扔到一边，高兴地对我说。

"茶就不喝了，我来这儿是想问你一些事。"

"遇到什么麻烦事了吗？是谁得了急病吗？"

风止从椅子上探出半边身子，又恢复了一本正经的医生口吻。

"我不知道这算不算麻烦事。其实是关于旗鱼老爹的，我听前台说他老人家出院了。"

风止脸色暗了下来："唉！那位老爷子讨厌医院的劲头一

点儿都不输你。他之前骨折住院时，也大闹了一番呢。这次无论如何他都要回家，虽然我极力劝阻了，可是……"

"这么说来，他病得很重吗？"

风止犹豫片刻后，点了点头。

"这话我只告诉你，他病得很重。但他本人完全不当回事，这才是棘手之处。"

"他病得那么重，怎么能让他回家呢？"

"珊瑚郎，话是这么说。"

风止靠回椅背上，叹了口气。

"但我只是个医生啊，病人已经不是小孩子了，我总不能把他五花大绑地绑在病床上吧。不管怎么说……回家是他本人的意愿。"

"这样啊。"

我将目光移向明亮的窗外。

其实，我很久之前就听说旗鱼船长身体不好了。此前我一直没有担心过他的身体，因为他虽然上了年纪，但看起来身体还很硬朗，每天都驾小船出海，还有精力教训年轻人呢。可是，这次当我结束为期十天的旅行，回到海猫岛时，却意外听说旗鱼船长生病了，被送进了医院。

"目前只是症状得到了缓解，但我们还没能找到根治他的病的方法。他原本就有高血压病，还不听劝，怎么都不肯把烟酒戒了。另外，他年轻时总是逞强出海，身体受了风寒。"

风止边说边用钢笔咚咚地敲着桌子。

"珊瑚郎，你也注意点儿身体吧。"

"我还年轻呢，这种话等我老了再说吧。"

"你这种盲目自信很危险，你和旗鱼船长可真是一类人。"

"开玩笑而已，我才没他那么固执呢。"

"只有你自己这么认为吧。"

我笑着站起身。

"怎么？这就要走了？喝杯茶再走吧。"

风止一副百无聊赖的样子。

"我心领了，今天就算了吧。"

我走出医院。医院门口的花坛里开着不知名的花。

我一下子想起来，刚才忘记告诉风止我在新月岛看胡桃的事了。

海猫岛现在正值花季。

西海岸的阳光直射在山坡上，漫山遍野都是白色的橘子花。我感觉这是我第一次看见开得如此热烈的橘子花。不过，也可能我之前见过多次，却一直没放在心上。

　　说起来，我其实没有一直待在海猫岛上，我待在船上的时间更多。在我未曾留意的时光里，海猫岛上花开花谢，而海上陪伴我的只有浪花。

　　我把船开进小渔港，然后像往常一样爬上陡峭的山坡。山坡上，旗鱼老爹的家被花丛团团围住，蜜蜂在花丛中忙碌地飞来飞去，发出嗡嗡嗡的声音。老爹的孙女来给我开门，有一段时间没见，这个小女孩的个子长了不少。

　　"谁啊，是珊瑚郎吗？"

　　从里屋传来旗鱼老爹洪亮的声音。

　　"你要是来探病的话，就快走吧，我不需要探望。"

　　听他还有力气嘴硬，我放心了不少。

　　"我不是来探病的，只是顺路过来看看你而已。"

　　我径直走进里屋。

　　旗鱼老爹正在里屋躺着，枕边是他常抽的大烟斗，一朵橘子花插在水瓶里。透过窗子，可以看见大海。

我一眼便看出老爹瘦了，瘦骨嶙峋。

"您这是怎么了？"

我揣着明白装糊涂地问道。

"就是个小感冒，没什么大不了的。"

旗鱼老爹绷着脸回答道。

他还是这么嘴硬。可是看到原本那么健康的人变成这个样子，我心里很难受。

"你来干什么？"

旗鱼老爹问我。

"倒也没什么特别的事。"

我将目光移向墙上。墙上挂着海龟号的照片，它的船长站在上面。海龟号算是海猫岛型号最老的船了，这张照片大概是船被拆解前，拍下留作纪念的吧。虽然照片的年头并不久远，但它看上去有些泛黄。

"你是有事想问我吧？"

旗鱼老爹说。

"为什么这么说？"

"从你的表情就看出来了。"

是的，没错。我确实有些问题想问，但现在不是问的时候，改天吧……改天再问吧。

"你要问就趁现在赶紧问。"

旗鱼老爹似乎看穿了我的心思，直截了当地说。

"是关于北方的断层空间带的。"

没做任何铺垫，我径直问了出来。

"在绮罗海和花岬的海岸之间，有一处断层空间带。我之前在那儿遭遇海难的时候，海龟号穿越了断层空间带去救我，没错吧？"

"是的。"

旗鱼老爹回答得非常干脆。

"您为什么要保密至今呢？"

"那你为什么现在才来问我呢？"

"那是因为……"

自从我遭遇海难，已经过去三年了。虽然我一直想找机会把这件事问清楚，可是将事情不断往后拖的人或许正是我自己。

"我打算一直保持沉默，除非你亲自来问我。"

旗鱼老爹平静地说道。

"穿越断层空间带是我一个人的决定，同船的水手们都不知道。当然，也没有留下任何记录。"

"是因为海猫岛的法律禁止穿越断层空间带吗？"

"当然了，那可是要被吊销航海执照的。不仅如此，穿越断层空间带本身就是一场危险的赌博。虽然我最后成功了，不过身为船长，我的决定是错误的，我当时不应该那么做。"

"但是，即便如此……"

"喀喀喀。"

旗鱼老爹笑着，轻轻咳嗽了两声。

"我当时为什么要那么做呢？其实我自己也不知道，或许并不是做所有事情都需要理由吧。"

"除了海龟号之外，还有其他能穿越断层空间带的船吗？"

"没有了。"这位海龟号的老船长斩钉截铁地摇了摇头，"只有由特殊重矿石制成的太阳能电池才能产生穿越断层空间带的动力，海猫岛上并没有这种矿石。而配置了这种电池的船也只有老式的海猫船了。"

"那这种矿石能在别处找到吗？"

旗鱼老爹目不转睛地盯着我。

"你小子……在打什么主意呢？"

"我想再次穿越断层空间带，不是像上次一样偶然穿越，而是我自己驾船过去。"

"驾驶马林号？"

"当然。"

旗鱼老爹轻哼一声，闭上了眼睛。

"你有以生命为代价的觉悟吗？"

过了一会儿，旗鱼老爹吐出这样一句话。

"理由我就不问了。穿越断层空间带需要强劲的动力，如果你开着马林号这种小船穿越，一定会粉身碎骨的。珊瑚郎，你赌上性命去做这件事，有意义吗？"

我答不上来。我这样做有意义吗？不过，如果做任何事前都要权衡利弊，那世上任何事都不值得赌一把。

"另外，断层空间带的位置会随着时间的推移而改变，空间入口也非常不稳定，出口和入口都不止一个。就算你再次穿越成功，也未必能抵达相同的地方。"

"这样啊。"

我简短地应和了一句。

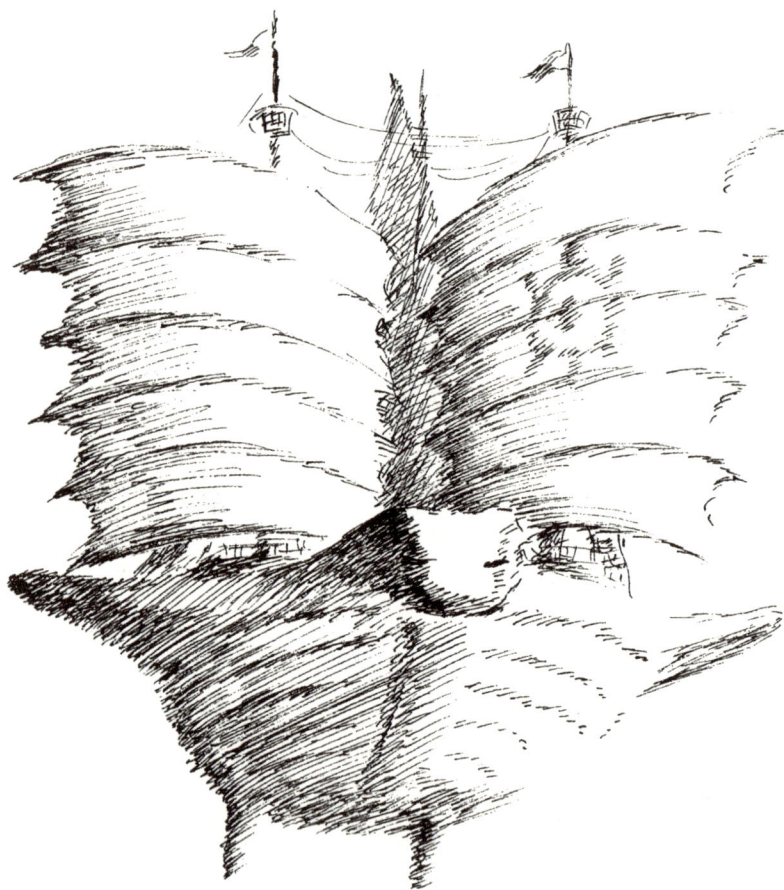

"我明白了。那请您忘了这件事吧。"

旗鱼老爹的孙女端来了茶水，一股橘子的香气扑面而来。我的目光再次转向那张海龟号的照片。

"对了，我想拜托你一件事。"旗鱼老爹等孙女离开房间后对我说，"是关于美崎的。她说想学驾船，显然她是认真的。现在儿童玩具船已经满足不了她了。"

我不怎么了解美崎，只是偶尔来这里时，和她打个照面。这个小女孩长着一双美丽的眼睛，看起来很老实，虽然不怎么爱说话，但内心似乎很坚韧。她的双亲去世后，就是旗鱼老爹一直在抚养她。老爹对美崎格外疼爱，人们都说旗鱼船长对水手们很严格，总是厉声训斥，但对这个小孙女简直称得上是溺爱。

"我本想自己找机会教她，可如今我这把老骨头已经力不从心了。珊瑚郎，你能替我教她吗？"

"我吗？"

我惊讶地问道。

"近些年的水手都是些半吊子，就连帆船俱乐部的教练们也都拿驾船当儿戏。但珊瑚郎你不一样，你的驾船本领非常扎实，我很信任你。"

"我又能做什么呢？"

"你教教那孩子怎么驾船。"

"我怕我教不好啊。"

虽然我笑着说出这样的话，但心下一沉。我印象中的老爹可不是这么软弱的人啊，他一向都是径直发号施令的，何曾求过别人。旗鱼船长不该是这个样子的啊。

"我经常出海，不常待在岛上。最重要的是，我也不擅长教人，没什么责任心，恕我没办法答应您。"

"这样啊。"

旗鱼老爹叹了口气，再次闭上了眼睛。

"对不起。"

我向他道歉。

"没事，我不勉强你。"

旗鱼老爹的声音有气无力。

"那我改天再来看您。"

我故作轻松地和他道别。

旗鱼老爹依旧闭着双眼,沉默地点了点头。窗帘随风摇曳,窗外的海水似乎也跟着摇曳起来。

5/美崎

这次我难得地在海猫岛逗留了很久。除了修理马林号，我都不待在港口。

我偶尔也会换换生活方式。

我不在家的这段日子里，房子似乎有地方漏雨了，很多东西都变得潮乎乎的。我拉开窗帘，大致打扫了一下家里，赶走了几只擅自在我家定居的大蜘蛛，把用不着的东西整理出来，在院子里烧了。

"老大，总觉得你家完全没有家的感觉。"

有次鱿鱼丸来我家做客，环顾四周后这样说。

"一间小破屋罢了。"

"不，这屋子看着几乎和船没什么两样，如果它能漂在海上，那它就是艘船了。"

这话确实有几分道理，那种有家的感觉的家，或许我从不曾拥有过。

"那个……老大，我觉得你还是早点儿结婚吧。"

"多管闲事。"

我瞪了鱿鱼丸一眼，他缩了缩脑袋。

我不会在船上或家里放多余的东西。特别是船上，只会放些必需品。我习惯于迅速判断哪些东西重要，哪些不重要，并做出相应的处理。特殊情况下，哪怕是必需品，也可能被扔掉。

即便如此，一些无用的东西还是被留在了家里，等我注意到它们的时候，上面已经积了薄薄的一层灰。

我怔怔地看着淡黄色的半透明火焰，听着东西被烧得噼噼作响的声音。

我思考着旗鱼老爹的话。

很久之前，我就在筹划驾驶马林号穿越北部断层空间带的事。

我是由那里来到海猫岛的，只要沿着来时的路线返回，所有的记忆就能找回了，四散的记忆碎片就能重新拼在一起。

不，无人能保证这一定可以成功，我反而有可能再次失去一切记忆，比那更可怕的事情也有可能发生。这是一场看不到前路的豪赌，已经不是"危险"二字能形容的了。

赌上性命去冒险，有意义吗？

可能没什么意义吧。

就像胡桃说的，记忆之盒不应该被打开。就算有一天它注定会被开启，现在也不是时候。我只要做现在的自己，做海猫岛的珊瑚郎就可以了，不需要探究更多，不是吗？

直到橘子花落尽，我还待在海猫岛上。这段时间里我又去探望过一次旗鱼老爹，他的病情看上去稳定了许多，但依旧说不上好转。

"你小子又来了啊，真是个大闲人啊。"

虽然嘴上这么说，但旗鱼老爹似乎也期盼有人能和他说说话。聊天时，我几乎插不上话，只能听他不断讲述捕鱼的故事、船的故事。我没再提起断层空间带，老爹也没再提起美崎的事。

我离开旗鱼老爹家时，已是黄昏时分。

我解开马林号绑在栈桥上的缆绳，没有发动引擎，就这样慢慢地漂离了岸边。在山坡上的旗鱼老爹的家里应该能清楚地看见远航的船吧。

距离岸边不远的一片海域里，孩子们驾着船来来往往，船上挂着五颜六色的小三角帆。从船帆的标志判断，应该是附近的帆船俱乐部的船。海猫岛开了好几家面向孩子的帆船俱乐部。

南风和缓，海面温柔平静。插着小黄旗的浮标漂浮在海面上，孩子们驾驶着帆船时而向左、时而向右，穿梭在浮标间。

年轻的教练手持喇叭在一旁指挥。

我将船速放缓，在旁边看了一会儿。

其中一艘帆船上的水手表现非常出色。水手借着微风，不断调整船帆，船好似在海面轻盈滑行一样。整套操作自然流畅，没有多余的动作，我不禁在心里暗赞这位小水手。

当小水手面向我时，我瞥见了她的脸。

米莉？

我愣了一下。

怎么可能？米莉可是人类小女孩啊，不可能出现在海猫岛的。冷静点儿。

那位小水手抓紧缆绳，探出半个身子，动作漂亮地将船身倾斜到一个完美的角度，顺风航行。我伸手拿起望远镜仔细看着。

原来是美崎，旗鱼船长的孙女。

美崎认真操纵着船帆，紧紧地抿着嘴，神情严肃，双目发出熠熠的光彩。

这孩子说不定是块驾船的好料。女水手虽然很少，但也不是完全没有。如果真的想成为水手，办法很多，找个靠谱的教练，认真跟着学就行。

不过再怎么说，美崎还没有成年。旗鱼老爹竟然让我教这么小的孩子驾船，真不知道他老人家到底是怎么想的。

教练员似乎发出了指令，小帆船开始一艘艘地转向岸边，我提高船速离开了那里。

我来到造船厂，和修船师傅聊得很投机，一个没注意就到了晚上。

回到家时，我看见有一个小小的身影蹲在家门口。

听到脚步声，那个身影像是脚下安了弹簧一样，猛地站了起来。

"是谁？"

借着昏暗的街灯，我看清了来人的模样。是美崎。

"这个时间你怎么在这儿？难道旗鱼老爹……"

美崎摇了摇头。

"爷爷的身体没事，是我自己有事想拜托您。"

美崎仰头望着我，一字一句地说道。

"先进来吧。"

我打开小屋的灯，让美崎进来坐下。她并没有好奇地东张西望，而是将双手老老实实地搭在膝盖上，双眼直直地看着我。

真是个奇怪的小孩，我心想。她举止稳重，似乎非常清楚自己在做什么。但又不仅如此。

"说吧，你找我有什么事？"

"我真的很想好好学习驾船，请您教教我吧。"

这下麻烦了，我心想。这孩子是为了说这话，才独自跑到我这儿的吗？

"是你爷爷让你来和我说这些的吗？"

"不是的。"

美崎断然摇头。

"是我自己求爷爷帮忙，请你收我为徒的。可爷爷说你拒

绝了，他让我死了这条心。"

"哦。"

"您为什么不肯教我呢，是因为觉得我还是个小孩子吗？"

美崎紧盯着我，询问道。真伤脑筋啊，我该怎么和她说才好呢？

"确实有这个原因，但还有很多其他原因。"我边说边组织语言，"我和你爷爷也解释过，我经常出海远行，有时好几个星期都回不来，没办法陪你练习。"

"您回来的时候教我就行。"

"我开船的方法和其他水手不太一样。就算我现在原原本本地把那些方法教给你，也没什么用。你应该先学习常规的驾船方法，避免养成不良习惯。在这个过程中，你自然而然会找到属于自己的驾船方式，也会知道自己适合开什么样的船。等你搞懂了这些之后，再来找我吧。"

美崎一动不动地默默听着。

"此外，练习不一定要在船上，你可以有意识地去看、去听、去感受。你在陆地上能做到的，在海上也能做到。驾船本不是一件多难的事，可是如果你没有一双能够准确捕捉海浪讯息的眼睛，就算掌握再多的方法，都无济于事。这些不是我能教给你的，需要你自己从海浪中学习。"

我恍惚觉得，也和鱿鱼丸说过这番话。

"差不多就是这些，你听明白了吗？"

"听明白了。"

美崎意犹未尽地点了点头，迅速站起身来。

"您说的我都明白了。那我回去了。"

"你准备回家吗？"

我惊讶地问道。这深更半夜的，已经没有去往西海岸的摆渡船了。

"现在还有乌贼捕捞船，我坐那个回去。出门前我也是这么和爷爷说的。"

"那来的时候你坐的也是乌贼捕捞船吗？"

"不，我是搭乘黄昏时分的最后一班摆渡船过来的。"

这么说来，她从黄昏一直等我到深夜？

"我送你到港口吧。"

说着，我站起身。美崎抬头看着我，第一次露出了笑容。

6/第二封信

风止：

现在是深夜，不知道具体几点了。今天晚上没有月亮，也没有星星，海面一片漆黑。

不知为什么，我想起了八音盒，就是摆在院长办公桌上的那个旧八音盒。拧紧发条，打开木盒盖，它就能奏出美妙的音乐。把盖子合上，音乐就会停下来。记得你曾告诉过我，这个八音盒是你母亲的遗物。盒盖内侧镶着一面镜子，盒子里装着一枚水晶珊瑚戒指。

不知为何，我突然想起了这件事。

风止，你经常和我聊起你小时候的事，比如你儿时都玩什么游戏、喜欢什么东西，你的家、你的朋友、你的学校、你那位严厉的老爸，还有那位代替母亲照顾你长大、大你好多岁的长姐。

我简直就像你从小一起玩到大的朋友，对你的一切了如指掌。

医院的中庭曾经有个小水池。当时走路还东倒西歪的你径直朝那个水池走去，因为没能及时站住脚，跌了进去。你老爸知道后非常生气，当天就让人把水池填了，所以现在的医院里没有水池。

你和我讲述这些故事的时候，一点儿都不像个医生。怎么说呢，你仿佛变成了小孩子，一副天真烂漫的表情。不，我不是在笑话你，我喜欢听你讲你的事，我想我是有点儿羡慕你的。

我不记得自己孩提时的事。无论是我出生、长大的地方，还是父母、兄弟，我什么都想不起来了。那部分记忆就像是一个坏掉的八音盒一样，打开盒盖也听不到一点儿声音。

我闭上眼，脑海中模模糊糊地浮现出一片枯萎的原野。

原野中空无一人，有风拂过，白芒草的草穗如海浪般摇曳，发出沙沙的响声。不，也许那并不是一片草原，可能是海，无边无际的银色大海。

这就是全部了。

也许我的孩提时代过得并不幸福。

风止，我知道直到现在，你还在绞尽脑汁地想要恢复我的记忆。你总抱怨说，我是个不配合的病人。

以前的事，我确实想不起来了。不过，我来到海猫岛之后，新的记忆却在不断累积。如果我现在将记忆之盒打开……尘封的记忆接连涌出……也许我就不是现在的我了。

或许我畏惧的，正是这一点。

在这样的夜晚，我不眠不休地驾船驰骋在海上，感觉

就像是在那片银色的原野上奔跑，在那片无边无际的银色大海上，空无一人，只有风吹过。

我究竟是想去往哪里呢？

7/事故

马林号换了一块新的太阳能电池，新电池的体积比旧电池的小一点儿，但动力更强了。而且，也不必像之前那样频繁充电。

"我在电路上做了一些改动，你用用看，要是用起来不顺手，再回来找我。"

造船厂的师傅对我说道。

为了测试一下新电池的性能，我进行了一趟短途旅行，朝着东方的燕岛开去。

这是一趟无关工作的惬意之旅，海风像羽毛般轻柔，海面闪着粼粼的波光。

途中，我多次和渔船擦身而过，在温暖的洋流里，一群大鱼正在追逐一群小鱼。最近正值丰鱼期，渔船上的水手都非常忙碌，连悠闲地吃顿饭、打个盹儿的工夫都没有。

不知道鱿鱼丸最近怎么样了。冬天那阵子，我总能看到他在港口附近的木材仓库里认真地工作。最近他应该重新回到渔船上了吧。那小子也在以自己的方式努力吧，我确实很喜欢他。

燕岛上没有猫族居住，是海燕们的地盘。在这个季节，数以万计的海燕飞到悬崖的凹陷处筑巢。海燕们叫声嘈杂，在岸边几乎听不到任何其他声音了。

我开船通过了岸边几条天然形成的岩石隧道，海水的漩涡将阳光反射到青紫色的洞顶，呈现出绚烂的金色图案。

时不时有几只海燕从马林号旁边掠过，在隧道中嗖嗖地向前飞去。我有种误入另一个世界的感觉。

我在燕岛上悠闲地度过了一天。我生上火，把钓到的鱼用海草包住，支在火上烤。马林号状态极佳，我的心情也不错。

　　在等鱼烤好的这段时间里，我忘却了所有烦恼。至少此刻，我想将一切置之脑后。

　　起雾了，这种情况在这个季节很反常。

　　我驾着马林号行驶至海猫岛附近时，大雾渐渐浓了起来。

　　我切换到自动航海罗盘的显示画面，上面显示燕岛北侧的海域似乎笼罩在一片浓雾之下。风呢？几乎没什么风。虽然现在还没必要担心，但还是快点儿回去为妙。在海上谨慎些总不是坏事。

　　我有种不好的预感，眼前的大雾可能会发展为雾迷宫。海上的磁雾很惹人厌，而雾迷宫则是最恶劣的一种磁雾，它会将船困住，接着让船逐渐失去控制，迄今为止已经有好几名水手因此搭上了性命。

　　我打开辅助引擎，提高了船速。海猫岛被浓雾包裹得严严实实的。我还是第一次看见这样的海猫岛。因为视野很差，我将航线向南偏移，沿着海岸线绕回了港口。无论怎样，我都不想在这里和其他船只相撞。

我注意着右侧灯塔的位置，又绕过防波堤，突然发现岸边似乎有些异样。栈桥前停靠着一艘亮着红灯的救生船。港口人头攒动，似乎是发生了什么事。

"啊，老大！"

鱿鱼丸看到马林号，立刻跑了过来，神情一反常态地慌张。

"鱿鱼丸，怎么回事？"

我一边问鱿鱼丸，一边纵身跃上了栈桥。

"出事儿了，帆船俱乐部的海蓝号整个儿翻了。"

"在哪儿翻的？"

"北海。雾太浓了，搜救工作都中止了。听说救生船上的无线电和航海罗盘都用不了了。"

"据说是帆船俱乐部的年轻教练载着十多名高级班学员去那边玩儿，开的是一艘刚造好的新帆船。"

说这话的人是珊瑚店大叔。

“其他孩子都获救了，只剩一个人……”

我转过头，问道：

“一个人？”

“是个叫美崎的小女孩，就是旗鱼船长的孙女，她现在依旧下落不明。”

美崎！

北海的海水流向瞬息万变，并且有很多事故多发区，根本不是带孩子们去玩的地方，更何况天气还如此恶劣，这么做简直令人难以置信。

我看向救生船，船被围得水泄不通。一位年轻的教练裹着橙色毛毯，被搀扶着站在上面。我对他有印象，他就是帆船俱乐部的教练。

我朝他走去，教练一脸惊恐地抬起了头。

"你做的蠢事！"

我一巴掌扇过去，打了他一个趔趄。

"为什么把孩子们带到那么危险的地方！"

有几个人抓住了我的胳膊，制止了我。教练嘴唇颤抖着，表情扭曲，沉默着一句话都没说。

"珊瑚郎……他心里也很难受。"

其中一个拦住我的人小声劝解道。

我回头望向鱿鱼丸："这件事先别告诉旗鱼老爹。"

"这，那个……"

"已经告诉他了吗？"

"是的，还有……"

"别吞吞吐吐的！"

我怒吼道。

"刚才船长说要开船去找美崎，大家试图阻拦他，但没能拦住。他甩开我们开船走了。"

"因为旗鱼船长十分疼爱孙女啊。"珊瑚店大叔喃喃道，"这时候，他没办法什么都不做就这么待在这里。"

唉，旗鱼老爹，你不要命了啊！

我的身体先于大脑的指令采取了行动——我纵身跃上马林号，疾驰而去。

"老大！快停下！"

鱿鱼丸站在栈桥上大喊。

"雾太大了……不行的！"

我知道，对海猫船来说雾是最大的敌人。但是，并不是做所有事情都需要理由，对吧，老爹？

海上一点儿风都没有。船过了防波堤后，我将速度调到最高，同时打开无线电的开关，呼叫港口无线电局。很快，无线电中传来女接线员的应答声。

"这里是马林号。我要去援救海蓝号。"

"珊瑚郎先生！那里很危险，你会在大雾里迷路的，请返航！"

"我心意已决。没时间磨磨蹭蹭了。旗鱼船长好像已经朝那个方向去了，请快把相关信息告诉我。"

我知道无线电那端的接线员屏住了呼吸。

"请告诉我无线电的覆盖范围、事故发生的地点，还有旗鱼老爹的船当前所在的位置。"

"……好的，请不要挂断，稍等。"

如果船在大雾天气里使用太阳能电池的话，耗电量是平时的一倍多。在大雾散去前，船没有机会充电。我的目光投向电量表，剩下的电不知道能撑多久。

"马林号，还在吗？"

无线电局那边有了回应。

"无线电能够覆盖的极限范围为向北十公里。目前，旗鱼船长那边还没有消息，海蓝号的位置在……"

我一边听她快速念出一串数字，一边在航海图上做标记。

我的目光落在了那个标记点上。

"旗鱼老爹开的什么船？"

"小型钓船、F级、中距离用，帆是绿色的。"

"谢谢。"

"珊瑚郎，你千万别逞强。"

我重新握好船舵，凝视着迷雾，现在还看不见旗鱼老爹的船。

老爹，你可要朝着那个方向笔直地开啊，这样的话我就一定能遇上你，否则……

"老大！这里是鱿鱼丸。"

无线电里传出鱿鱼丸的声音。

"我和你一起去。"

"说什么傻话，你来只会增加遇难人数，别给我添麻烦。"

"可是，老大……"

"鱿鱼丸你听着，马上去联系医院的风止医生，让他在港口等着。"

鱿鱼丸的回答湮没在无线电刺耳的杂音之中。

我看了看屏幕上的航海图，我已经离开港口十三公里了。屏幕上开始出现细密的雪花，雪花逐渐变多，很快便占据了整个画面——磁雾来了。显然，现在已经无法依赖仪器了，接下来我能依靠的，只剩下我身为水手的直觉了。

我全身一凛，是害怕吗？海猫族应该都畏惧大雾吧。不……我并不害怕。

好，很好，就像这样，我们来大干一场吧！

我对马林号说。

身处能见度很低的迷雾中，沿着笔直的航线行驶比想象中难得多。要是你试过蒙着眼睛走路，你就会明白。明明心里是想着走直线的，却会不由自主地向左拐或向右拐。

我努力回忆信号消失前最后看到的航海图——三个必须避开的危险礁石区的方位，马林号和它们的距离，马林号的位置和速度。

旗鱼老爹应该也是这么做的。虽然他因为生病身体虚弱，但他毕竟是一位经验丰富、技术高超的老船长。我估算着从当前位置到海蓝号事故现场的距离。如果我是旗鱼老爹，该如何走呢？

我缓缓驱船前进，以免看漏任何东西。雾在海面上轻柔地翻腾，像帷幔般摇曳飘动，时而变淡，时而变浓。我按捺住焦躁的心情，深吸了一口气。别慌，倘若乱了阵脚……

不知道过了多久，我的右前方隐约出现了一抹绿色。

但它很快又融入雾中，消失不见了，几乎让人怀疑它刚刚的出现只是自己的错觉。不过，我依旧毫不犹豫地将船朝右边开去。

我终于再次看到了那抹绿色，这次我看得真真切切，是一艘绿帆钓船。

"旗鱼老爹！"

我追了上去，使马林号紧贴着钓船，跳了过去。

"珊瑚郎，你来了啊。"

老爹倚着船舵，大口喘着粗气。

"雾这么大……还真有人能平安无恙地找到这儿啊？"

他说话的语气虽还是老样子，但整个人似乎连站立都很勉强了。

"老爹，请回海猫港吧。"

"你胡说什么呢？美崎……我必须去救美崎。"

"我去救她。"

"那是我的孙女，我从不给别人添麻烦。"

"我去救她，请您回去吧。现在不是固执的时候。"我扶住旗鱼老爹的身体说道，"我一定可以把美崎平安带回来，请您相信我。"

船长深深地凝视着我的眼睛，仍大口大口地喘着气。

"珊瑚郎……你有过在雾迷宫里行船的经历吗？"

"没有。"

"记住，千万不要失去信心。无论发生什么……都要自信地往前闯。"

"我明白。"

我关闭了旗鱼老爹的钓船的引擎，抛下船锚，将它停在

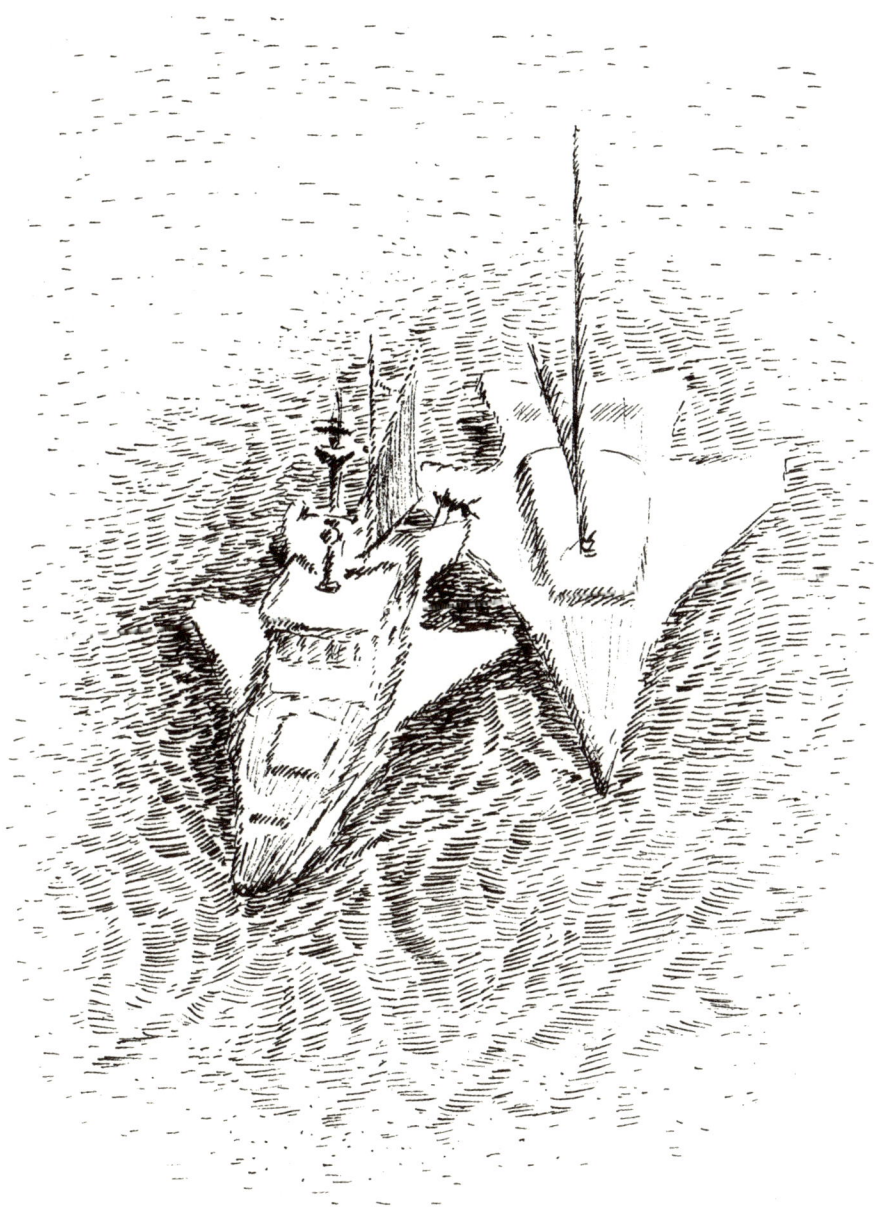

此处，接着又往桅杆上挂了一盏红灯作为标记，打开只听得到杂音的无线电。我又将毛毯拢到一起，让旗鱼老爹躺下。

"给你添麻烦了……那就拜托了。"

旗鱼老爹用沙哑的声音说。

返回马林号后，我立即使用紧急通信方式——声之波呼叫海猫港。声之波与普通的无线电不同，不易受到磁场影响。但是发送声之波时，必须精神高度集中，没办法在大雾中一边操纵船一边发送。

我反复试了几次后，声之波终于被海猫岛无线电局的贝之耳捕获了。

"是马林号！"

"马林号！现在的位置是？"

女接线员的声音在我的脑海中响亮地回荡。

"请将音量调低。我找到旗鱼船长了。他现在虽然很虚弱，但平安无事，我把他的船停好了，请派救援船过来。"

"太好了。等大雾一散，救援船就立刻出发。"

我把自己估计的大致位置告诉了她，就算位置不准，只要雾散了，找到旗鱼老爹的那艘船应该不难。

　　"风止到港口了吗？"

　　"到了。"

　　"让他也乘坐救援船一起过来，旗鱼船长的状况很让人担心。"

　　"好的，那你呢？"

　　"我去找美崎。"

　　"太危险了！别再往前……"

　　来自无线电局的信号中断了。与此同时，我启动了引擎，感到一阵眩晕。

　　美崎……还来得及吗？

　　我将旗鱼船长留在那里，与马林号一起进入了雾迷宫的深处。

8/第三封信

风止：

　　我曾经和你讲过守塔员阿贝的故事吧，年轻的守塔员为了搭救遇难货船上的水手而溺水身亡。

　　当时我们曾讨论过，一个人真的能为了他人，不顾自己的安危吗？这种舍己为人的行为又真的是正确的吗？

　　"如果换作是我，即使不正确，应该也会去救吧。"

　　我当时好像是这么回答的，不过你的想法和我截然相反。

　　"无论什么时候，无论为了谁，首先要让自己活下去，这才是最重要的，不是吗？"你是这么说的，"因为倘若失去了生命，就意味着什么都做不了了。如果真想为别人做点儿什么，首先应该让自己好好活下去。"

你是医生，而我是水手。这或许是我们想法不同的原因。治病救人是你的职责所在，如果医生自己都活不下来，他就无法救助病人，这是显而易见的。

可是我与你不同，我的人生就像一场玻璃球游戏，球在台子上转来转去，相互碰撞，充满了偶然性。运气好的时候会赢，如果运气不好，自然就输了。

从那以后，我就再没和你讨论过这种话题，但有时我会独自思考。

风止，你说，我们能为他人做些什么呢？

我认为，所谓为他人而活是一种幻觉。你是为了自己才当医生的。我也是为了自己才成为水手的，难道不是吗？

究竟什么是正确的，这谁都说不好。也许，答案不止一个。不过，有一点我非常确定：我所做的事不是为了别

人，每一件事都是为了我自己。

这就是我的生活方式，无法改变。

如果你认为我的想法是错的，就请告诉我吧。

等我回到海猫岛，我们再见上一面，悠闲地聊聊吧。那时，海猫岛正值最好的时节，花开烂漫，水果也成熟了，它是我见过的最美丽的小岛了。

我很快就会回去。

9/雾迷宫

时间仿佛静止了。

雾迷宫向四处延伸，似乎无边无际。我站在甲板上，尽管穿了防水服，身上还是被雾气浸得湿漉漉的。

前面走不通了，继续走就会走进死胡同。分岔路彼此相连，纵横交错，我本想沿着直线行船，可现在似乎根本办不到。我该不会一直在原地打转吧？

我努力从脑海中甩掉这种想法。失去信心是最可怕的。

浓雾像海绵一样吸收了所有声音。船身嘎吱作响的声音、微弱的引擎声、海浪击打船头的声音，都听不见了。

我紧紧盯住眼前的雾墙，看着看着，感觉头变得昏昏沉沉的。

迷雾缓缓地移动，看上去就像某个庞然大物的影子，令人不寒而栗。

各种各样的雾团从船边接连飘过，接着又消失不见，有的像巨型花朵、像海星、像深海鱼，还有的像房子、像云朵、像破旧的帆船。

帆船？

我如梦初醒般恢复了意识，那不是雾团，那是一艘真真切切的帆船！

我急忙掉转船头，朝那艘船开去。

那艘船不是倾覆了的新式帆船海蓝号，它比海蓝号小得多，形制也大不相同。那是……

我小心地穿过雾墙，向那艘船靠近。

那是一艘陌生的小型帆船。船的桅杆上悬着破旧不堪的船帆。那艘船显然已经失去了动力，就这么漂浮在海面上。船舷处沾满了海草，就连船名都辨认不出了。

帆船上站着一位水手，他双手插在黑色防水服口袋里，背对着桅杆。等我又靠近些后，他缓缓扬起一只手臂向我打招呼。

那是一只瘦削的黑猫，生着金色的双眸，目光锐利逼人。

"这是怎么了？"

我探着身子问道。

"正如你所见。"

对方用略带沙哑的声音冷静地回答，冲破损的船帆扬了扬下巴。

"船帆破损得这么严重，是被暴风雨袭击了吗？你从哪里来？这是海猫岛的船，你先上来吧。"

我把救生索扔了过去。那名水手接住后，表情没有丝毫变化。他将救生索一圈圈地缠到手上，却完全没有要过来的意思。

我将一根绳索系在船舷上，顺着绳子跳上了对方的船。

船的大小勉强可以容纳两个人。这艘船制作粗糙，所用的木材似乎是徒手削出来的一样。船上的设施也很简陋，没有正经的船舱，而是用一个小帐篷代替，船桨貌似也折了。

这艘船居然没有沉，也算幸运了。倘若有巨浪袭来，这艘船恐怕一会儿都坚持不了吧。

海猫岛附近的海域近期并没有暴风雨。他是从很远的地方专门来海猫岛吗，还是在海上漂了很久随机到达这里的呢？

但我现在根本无暇多问。

"我必须去找一艘倾覆的帆船上的孩子。"我对黑猫说，"事情办完后，我就带你去海猫岛。对不住了，你先陪我一段时间吧。"

"不用了，"黑猫摇了摇头，"你不用找了。"

"你说什么？"

"你找的孩子就在这里。"

黑猫蹲在帐篷前，用眼神示意我朝里面看。

狭小的帐篷里躺着一个被毛毯裹住的小家伙。黑猫稍稍掀开毛毯一角，我看见了小家伙的耳朵和脸。虽然此刻她闭着眼，但绝对是她。

"美崎……"

我屏住了呼吸。

"别担心，她没死，只是累得睡着了。"

黑猫微微一笑，然后轻轻地重新盖好毛毯。

"是吗？太好了！是你救的她吗？"

因故障漂在海上的旧帆船，找到了落水的美崎，一切巧合得令人难以置信，尤其是在这样的茫茫大雾中。不管怎样，美崎还算幸运，我悬着的心终于放下了。

"你帮我一块儿把这个孩子抬到我的船上吧，你的船应该撑不了多久了吧。"

我回头对黑猫说。

"你也累坏了吧？我和港口联系一下，港口派人来接我们

时雾也该散了。"

"这个嘛……"

黑猫依然站着一动不动，金色的眼睛直勾勾地盯着我。

我突然有一种异样的感觉。这家伙为什么这样看着我？就好像认识我一样……

只听黑猫缓缓开口："这小孩不能白白交给你。"

"你说什么……"

我怔了一下，反问道。

注视着我的金色双眼中似乎有两簇火苗在跳动。我不认识他，见都没见过，他是海猫族吗？还是……

黑猫突然笑了起来。

"让我和你做个交易吧，珊瑚郎。"

我感觉心脏猛然间被一只冰冷的手捏住了，脚下好像出现了一个黑洞，似乎要把我吸进去。

"为什么……你为什么知道我的名字？"

我紧紧抓住船舷，要是不抓住点儿什么，我根本无法站立。我知道我的身体正在不受控制地颤抖。这是怎么回事？我究竟是怎么了？

"哟，珊瑚郎，你害怕了吗？"

黑猫用调侃的语气说道。

"没错，你很害怕。这就是所谓恐惧的感觉，你慢慢地体会吧。"

"你到底是谁？"

我咬紧牙关，终于问出了这句话。

黑猫不动声色地笑了。

"你应该知道的呀。"

不，我不知道。我真的从没见过这家伙。

"是我呀，珊瑚郎。"

黑猫把脸凑过来，用耳语般的声音在我耳边说道："你忘了吗？我就是另一个你呀。"

10／另一个"我"

另一个"珊瑚郎"吗？

他此刻正站在我面前，双手插在防水服的口袋里。

他如同镜子中的我，长得与我一模一样，除了眼睛。他的眼睛是金色的。

那……我的眼睛是什么颜色的？

"你忘了吗？"

另一个"我"再次发问："当时你自私地抛下了我，一个人离开了。你驾着这艘船穿越了断层空间带。怎么？你把一切都忘了？"

"这是……马林号。"

我喃喃道。

为这艘船取名字的，是一个叫片冈剑的人类男孩。

没错，这艘破旧的帆船就是第一代马林号，是我照着找到的海猫船设计图亲手造的。当时我没有告诉任何人，独自在花岬的海岸花了一年左右的时间造出了这艘船。随后，我便独自一人驶向了大海。不，准确来说，我并不是独自一人，眼前这个家伙当时也与我一起。

长时间的航行、看不到陆地的日子、不断减少的食物和水、肆虐的暴风雨、破破烂烂的船帆、折断的船桨……重要的航海图和罗盘也没了，我在内心被强烈的恐惧与绝望折磨得几近崩溃的情况下，穿越了断层空间带。

我不想再回忆了。那段痛苦的经历，我再也不想记起。

我紧闭双眼，可记忆如同潮水般一波波涌来。

"我明明告诉你别去，可你偏不听。我都说了回去吧，你仍无动于衷。最后，你就这么把我扔在了大海中央，自己离开了。"

另一个"我"的眼里，有愤怒的火焰在燃烧。

"我非常讨厌你，完全受不了你。我讨厌你坚韧、自信、无所畏惧的样子，还有你理智到近乎冷酷的性格和我行我素的生活方式，我统统看不惯。"

他眉头紧紧地皱在一起，将心中所想全都说了出来。

"你抛弃的不只是我，还有你的故乡。你的故乡在哪儿？

父母是谁？兄弟呢？这些你都忘了吧？"

我父亲名叫古屋龟吉，母亲叫水针，大哥叫波丸，二哥叫鲷次郎。

我出生在深山中的贫苦家庭，家里总是争吵不断。我和家人们经常饿着肚子，有时我会跑去别人家偷东西吃，否则很难活下去。

小时候，我常常站在生长着大片白芒草的原野中幻想大海，幻想着父亲提过的、从我曾祖父那里听说的远方的大海。那素未谋面的大海是我儿时所憧憬的地方，我常张开双臂，幻想着自己是一艘船，驰骋在碧波之上。

我渴望自由，想自由自在地活着，像海风一样自由，像海浪一样自由。

体内流淌着的海猫族的血液让我做起了这样的梦。我开始顶撞父亲，与哥哥们打架。我身体瘦小，总是被打得遍体鳞伤，但我不允许任何人诋毁我心中的梦想。

是的，我抛弃了那个家。我的父亲叫龟吉，母亲叫水针，我依稀记得他们的样貌。尽管我从未被他们温柔以待，但这也改变不了他们是我父母的事实。现在，他们过得怎么样呢？

"是的，那就是你的故乡，你的老家。"

另一个"我"低语。

"怎么样，你不怀念吗？不想回去吗？不想再见一见家人吗？"

不知道。我茫然地摇头。我不知道。

"我决不会原谅你的。你总说要按自己的意愿生活。你不觉得这种想法太任性了吗？你的父母和哥哥依旧留在那片北方大陆，在深山里过着贫苦的生活，这些都和你没关系了吗？你的母亲体弱多病，你们兄弟之中，你这个'怪家伙'最让她放心不下。这些你都不管不顾，只顾自己一个人随心所欲地生活，这就是你所追求的自由吗？"

我无言以对，话语仿佛卡在了喉咙里，怎么都说不出来。

另一个"我"冷笑一声。

"这下该轮到我报复你了。我要把你扔在这里，让你永远

在这片海域漂流。说到底，你不过就是一个软弱又窝囊的家伙。"

"不要！"我脱口而出。不要。孤零零地在海上漂流，比死更令人恐惧。

"是啊，大海是很可怕的。孤身一人也很可怕，对吧？我也害怕啊。"另一个"我"弯下腰在我耳边说，"到现在为止，你一直都在赢。比什么都是你赢。凭什么？我决不会放过你。我要把你的坚韧、你的自信统统夺走。你会比现在更恐惧、更迷茫……"

"你到底想怎么样？"我声嘶力竭地质问他。他到底想让我怎么做？

"你肆意快活的人生就到此为止了。如果你不想被我丢在这儿，就照我说的做。现在就和我回到断层空间带的另一侧，回到你出生的地方……那里才是我们该待的地方。听明白了吗？海猫岛不是你该待的地方，你不是海猫。"

我不是海猫？！

我抬头看向他。我，不是，海猫，吗？

"在你造船期间，我做了很多调查。你的父亲的确是海猫族幸存的后代，但你的母亲是山猫。你虽然有海猫族特有的蓝眼睛，体内流淌着水手的血液，但你不是真正的海猫。"

"你说谎！"我大喊。"简直一派胡言，都是骗人的，我……"

"怎么了？珊瑚郎。"

有着金色眼睛的"我"说。

我想起了那个玻璃球游戏。蓝色的球撞上金色的球，数不清的玻璃球在台子上骨碌骨碌地滚动。砰、砰、砰，是哪颗球落入了洞里？最后的赢家是谁？

另一个"我"缓缓张开双臂。

"那么……"

我看着那双手开始发生变化，逐渐变成一双如树皮般布满皱纹的手，像镰刀一样弯弯的指甲也伸了出来。

他身上的那件防水外套被风吹得猎猎作响，就像不祥之鸟张开的羽翼，遮蔽了整个天空。

"我"的身影就像滴进水中的黑色颜料一样，越来越模糊，黑色摇曳着扩散、蔓延。最后，金色的双眼化成了两个大大的空洞。

"我"呼哧呼哧地大口喘气，笑得身体一伸一缩的。

猫魔……原来是你这家伙！

之前在绮罗海害得我被甩到断层空间带另一侧的怪物，此刻就站在我的面前。

"好久不见呀。"

这家伙变了一副声线，跟我打招呼。

"此前让你逃跑了两次。第一次我明明都成功了一半，第二次我差一点儿就成功了。但这一次，我决不会再让你逃掉，我要把你整个儿吞进肚子里。"

猫魔的利爪呼地朝我伸来，他呼出的气息将我牢牢定在原地。

"把美崎……就是躺在那里的孩子……安全地送回去。答应我，送她回去。"

我终于说出了我的条件。

"好啊，当然可以。"

猫魔呼哧呼哧地喘着粗气回答。

"我的目标只有你，我想要你的那颗心。只要我得到了你的心，留着这孩子就没什么用了。"

我盯着猫魔空洞的眼睛，听着他的话语，一动也动不了。为什么动不了？珊瑚郎，你为什么不逃？

"到这边来。"

猫魔的爪子抓住了我，将我的胸腔紧紧钳住，又缓慢地收紧、再收紧，我眼前一片漆黑。

我要回去了吧，我想。回到断层空间带的另一侧，回到我出生的地方，我应该也是想回去的吧。漫长的旅程结束了。我已经记起自己是谁，从哪里来。那就没什么问题了，就这么回去吧，挺好的。

在意识深处，我感到有什么东西在闪闪发光。那是一道波浪，虽然细得好像马上就要断了似的，但依然在黑暗中闪耀着炫目的光芒。

"珊瑚郎！"

有人在唤我。

"不要去，你不可以去。"

米莉……美崎？

我使出全身的力气伸出一只手，碰到了一只小手，那湿凉的小手颤抖不已，却紧紧地攥住了我的手。

我必须活下去。我要留在海猫岛，无论如何都要活下去，我还有想在这里完成的事。

"美崎，抓紧了！"

我伸出另一只手，抓住了黑暗深处那道亮闪闪的波浪。它一到我手中，就变成了一把锋利的匕首。

"猫魔！这次也是我赢！"

我拼尽全力，猛地一刺。

呜——

猫魔发出一声惨叫，他的爪子被砍掉了一只。

黑影扭动着，缩成了一团，又变了样子。另一个"我"捂着胸口，摇摇晃晃地站在原处。

"珊瑚郎。"

他看起来与刚才截然不同，望向我的眼神极尽哀伤，仿佛要把我牢牢缠住。

"这就是结局吗？"另一个"我"哭丧着脸说道，"我就是你啊，你认为你的选择是正确的吗？"

"是的，这样挺好的。"

我回答道。

"好吧，那再见了。"

那双金色的眼睛里的光芒黯淡了，另一个"我"身子向前一倾，倒了下去，瞬间消失得无影无踪，一起消失的还有那艘破旧的帆船。

一切都消失了，只剩下我自己。

万籁俱寂，周围白茫茫一片。

我抱起裹着毛毯的美崎，把她轻轻放进船舱。虽然她累得筋疲力尽，但手脚已经没那么凉了。没关系，她一定会没事的，我心想。

我站在甲板上环顾四周，周围安静得就像什么都没发生过一样。

雾还没散，不过我知道，天气很快就会转晴。

我扬起船帆。起风了，起初还只是微风，渐渐地，风大了起来。

船帆被风吹得鼓涨，帆索也随之低吟。

我用耳尖感受着风。好极了，是绝佳的顺风。这样一来，马林号就能在太阳落山前抵达港口了。说不定还来得及坐在矶鹬亭靠窗的座位上，欣赏我喜欢的金色晚霞。

　　回哪座港口？那还用问吗？

　　我的归处，永远都只有那一座港口啊。

　　碧波之上，马林号翩然而行。

Kuroneko Sangorô Tabi no Tsuzuki 5 – Saigo no Tegami

Text copyright © 1996 by Fumiko Takeshita

Illustrations copyright © 1996 by Mamoru Suzuki

First published in Japan in 1996 by KAISEI-SHA Publishing Co., Ltd., Tokyo

Simplified Chinese translation rights arranged with KAISEI-SHA Publishing Co., Ltd.

through Japan Foreign-Rights Centre/Bardon Chinese Creative Agency Limited

Simplified Chinese translation copyright © 2024 by Beijing Science and Technology Publishing Co., Ltd.

著作权合同登记号　图字：01-2024-0915

图书在版编目（CIP）数据

最后的信 / （日）竹下文子著；（日）铃木守绘；王俊天译. —北京：北京科学技术出版社，2024.5
（海猫的旅程；10）

ISBN 978-7-5714-3815-9

Ⅰ. ①最… Ⅱ. ①竹… ②铃… ③王… Ⅲ. ①儿童小说－长篇小说－日本－现代 Ⅳ. ① I313.84

中国国家版本馆 CIP 数据核字（2024）第 068276 号

策划编辑：石　婧　韩贞烈		**电　话**：0086-10-66135495（总编室）	
责任编辑：张　芳		0086-10-66113227（发行部）	
责任校对：贾　荣		**网　址**：www.bkydw.cn	
图文制作：沈学成　杨严严		**印　刷**：北京盛通印刷股份有限公司	
责任印制：吕　越		**开　本**：880 mm×1230 mm　1/32	
出 版 人：曾庆宇		**字　数**：53 千字	
出版发行：北京科学技术出版社		**印　张**：3.75	
社　　址：北京西直门南大街 16 号		**版　次**：2024 年 5 月第 1 版	
邮政编码：100035		**印　次**：2024 年 5 月第 1 次印刷	
ISBN 978-7-5714-3815-9			

定　价：35.00 元

竹下文子

作品《最接近月亮的夜晚》获日本童话会奖，《星星和小号》获第十七届野间儿童文艺推荐作品奖，《路路的草帽》获日本绘本奖，"海猫的旅程"系列获路旁之石文学奖。其他作品有《叮咚！公共汽车》《加油！警车》等。

铃木守

日本著名画家、鸟巢研究专家。1952年生于日本东京，曾就读于东京艺术大学。作品"海猫的旅程"系列获红鸟插画奖，《山居鸟日记》获讲谈社出版文化绘本奖。其他作品有《向前看 侧过来 向后看》《咚咚！搭积木》以及"汽车嘟嘟嘟"系列等。